且徙容

时新

赵平则·著

山西出版传媒集团
三晋出版社

图书在版编目（CIP）数据

且从容／赵平则著．—太原：三晋出版社，2023.12
ISBN 978-7-5457-2884-2（2024.5重印）

Ⅰ．①且… Ⅱ．①赵… Ⅲ．①诗词—作品集—中国—
当代 Ⅳ．① I227

中国国家版本馆 CIP 数据核字（2024）第 003079 号

且从容

著　　者：赵平则
责任编辑：赵亮亮
责任印制：李佳音
封面题签：时　新
书籍设计：王利锋

出 版 者：山西出版传媒集团·三晋出版社
地　　址：太原市建设南路21号
电　　话：0351—4956036（总编室）
　　　　　0351—4922203（印制部）
网　　址：http://www.sjcbs.cn

经 销 者：新华书店
承 印 者：山西基因包装印刷科技股份有限公司

开　　本：787mm×1092mm　1/32
印　　张：7.5
字　　数：110千字
版　　次：2023年12月　第1版
印　　次：2024年5月　第2次印刷
书　　号：ISBN 978-7-5457-2884-2
定　　价：68.00元

如有印装质量问题，请与本社发行部联系　电话：0351—4922268

问世间，情为何物

——赵平则诗文集《且从容》读后

栗文政

赵平则的诗文集《且从容》即将付梓。内容共两个部分，一是诗词部分，二是诗评诗话部分。书中分五个章节，即风物情致、生活情趣、人生情谊、山水情怀、思学情见。五个章节中的题目都带着一个"情"字，可见作者情倾诗文、情真意切、情深意远。我不由为元好问那首流传千古的词《〔摸鱼儿〕雁丘辞》中"问世间，情为何物"心生感慨。

情是诗的灵魂，诗是情的载体。

一、乡土情

赵平则出生于二十世纪六十年代，十年"文化大革命"开始的前两年，成长于吕梁山黄河岸边的一户农村家庭。在那个物资极度匮乏、精神文化单一的特殊年代，他硬是背着柴禾、啃着窝头、守着窑洞，接连读完了小学、中学，最终考进了名校——南开大学。童年的农村生活是他人生的起点，更是他之后情感、性格、习惯形成的原始根由，影响着他的一生。中年以后的农村扶贫工作又让他重温了那一幕幕的乡村生活，只不过此时的他早已成为一名胸怀梦想、肩担使命的党员干部了。

"何曾炫耀绿川原，已守平凡百万年。自是生来接地气，更兼风雨屡加餐。"《七绝·小草》生来接地气的小草，自强、淳朴、善良，不正是那个农村少年的真实写照吗。"七品芝麻秤杆星，为官更在解民情。手中大印肩头担，那个拎来也不轻。"《七绝·古县衙随想》更显示着一名优秀党员的为民情怀。《〔江城子〕乡恋》一词中写到"逶迤小道绕山梁，岭沟长，映苍黄。垄畔青蒿，摇曳舞斜阳。河水清澄杨柳茂，石板上，洗衣裳。老槐雀噪矮围墙，土窑房，捉迷藏。盘坐炕头，咸菜地瓜香。日暮磨旁闲聚拢，听邻里，拉家常。"这些农村中司空见惯的场景又是多么的有趣生动，而这显然离不开作者丰富的生活体验和精湛的文字功底。

三年的宁武扶贫工作让他又一次闻到了熟悉的乡土味道。这一次他的身份不仅是党的扶贫带队干部，更是一个满怀激情的诗人了。《〔渔歌子〕贫困户》《〔渔歌子〕雨后帮扶》《〔渔歌子〕雨雪县城夜》《〔渔歌子〕攻坚路上之二》，他用一组《渔歌子》记录了脱贫攻坚的故事，抒发了他对乡土和乡人的深深眷恋之情。

二、人世情

作者对同学、诗友，特别是他的学生也多有着墨，同样是那么多情多义、情意绵绵。

而深厚的父子之情，则成了他挥之不去的乡愁。有关怀念父亲的诗词在本书中大约有十多首。《月夜思亲》《头七祭父》《两周年祭父》《三周年祭父》《〔南乡子〕清明祭父》《〔雨霖铃〕一周年祭父》……一一读罢，无不令人神伤。曾为儿女遮风挡雨的老父亲，在彩虹出现的时候永远地离开了他的子孙、他的窑洞、他的家乡，而这似乎成了作者心中永久的伤痛。"眼前全是昔时景，梦里缘何唤不回。"《七绝·头七祭父》"独自跪坟旁，捧土无由两手扬。想起当年多少事，徨徨。难抑哀思处处伤。""煎熬最是节难度，更牵肠、慈母孤独住。"《〔南乡子〕清明祭父》生死是文学永恒的主题，诗词亦然。从这些怀念父亲的诗词中我们看到了一个终生厮守着土地、默默养育着一堆儿女的老农，也读懂了作者几十年来孝顺父母、拉扯弟妹、培育侄儿外甥的情感动力。他几乎是以一己之力支撑起整个家族的生活和发展，而用爱和担当抒写的一句一词，焉能无情？

三、物我情

《且从容》诗文集中写物的诗词也有许多，在诗人笔下，山、水、花、草及名胜古迹都有着鲜活的生命和鲜明的性格。《鹊巢随想》《高山黄连》《墙缝鸡冠花》《流浪宠物犬》《驴之说》等等，不胜枚举。

而踢毽子尤其是作者业余生活中一个特别的喜好，十几年如一日，朝暮不辞，风雨无阻。不仅踢出了花样，更踢出了境界。且看"晨风唤羽凌空炫，侧后打、单飞燕。踏雪寻梅身矫健。轻柔微步，高飘灵变，一毽冲霄汉。欣然万事从头看，浮利虚名懒盘算。浅淡糊涂能下饭。勤生欢喜，动祛疾患，自是心无憾。"《〔青玉案〕踢毽》"抬腿走天涯，出脚无牵挂。毽舞风云伴朝霞，运动怡当下。过眼几繁华，莫论多和寡。往事已然且由他，得失皆潇洒。"《〔卜算子〕踢毽》把个踢毽子运动写得如此美妙、如此惬意、如此浪漫，真叫读者因没学会踢毽子而感到后悔不已。

虽然赵平则学写旧体诗时间不算太长，但他能在繁忙的工作之余坚持创作，且出手不凡，集诗成书，着实令人佩服。值得赞赏的还有两点：一是体裁多样，能诗能文。不仅绝、律、词皆擅，而且起、承、转、合也都恰到好处。特别是诗评诗话一栏，文章也极具可读性，观点鲜明、论据严谨、文辞俊美，充分体现了他深厚的诗词理论水平和治学态度。二是直抒胸臆，白话见长。故乡的黄河、黄土不仅给了他黄色的皮肤，也给了他奔腾不息的情感。在他的诗里你能感受到炽热和深沉、率直和单纯。且看"衙署门前看对联，欣从字里见油盐。王朝多少兴衰事，百姓衣食父母官。"《七绝·观平遥古县衙对联之一》"纵使天真撑破肚，今生无悔耿直人。"《七绝·无悔》"冲天一任云中意，万里晴空不够高。"《七律·鹊巢随想》……白话入诗，属实不易。这些皆是源于生活而又高于生活的诗语，是经过提炼、加工后具有时代特征的"寻常话"。在作者的诗词中基本碰不到生词偏字，更多的是以情动人、以境感人。

诚然，诗文集中还有许多不足。比如在题材上还可更丰富些，在律诗中对仗更工稳些等等。但细细读完这本诗文集，我终于明白了赵平则的用意，"情为何物"是他对生他养他的这片土地、是他对这人世上所有往来对象的深深情义。

癸卯秋于水西斋

感怀天地大爱，且共人生从容

——读赵平则先生《且从容》诗文集有感

张树峰

赵平则先生《且从容》诗文集出版在即，嘱我留言成序，自觉难当此任。一则于我而言，对诗词格律一片茫然，尚停留在膜拜学习阶段；二则于先生而言，我乃后生之辈，怎敢冒昧评述，指点有无。然先生深情相托，不能推辞。与先生交往以来，其君子之风山高水长，使我受益匪浅，且借诗集付梓之际略说一二。

我与先生交往始于十年前的暮春时节，当时，先生正谋划制作系列教学微电影，在众多摄制团队之中，选择了由我担当导演的团队。之后我们一起奔赴各片区勘景、拍摄，一年又半，无数次针对剧本创作、场景规划、演员选定、镜头构思、视听剪辑等进行交流，常秉烛夜谈而不知时辰为几。相处中深感先生为人之宽厚、做事之严谨、品行之高洁。此后交往甚多，常与各行优秀人士们座谈交流，谈学论事，聊史悟理，遂成至交。

五年前，我与先生一同去贫困地区进行脱贫攻坚，先生在晋西北宁武县的汾河源头，我在晋西临县的碛口古镇。一去三年，虽聚少离多，但彼此间的交流从未间断。先生不仅是驻村队长、第一书记，还是单位的带队队长。他不辞劳苦身体力行的工作态度，常常鼓舞着我的斗志，尤其吟诵先生于扶贫工作中创作的诗词，更觉共情于其中之酸甜苦辣，倍感其精神之难能可贵。

我与先生最近的一次交流是在两年前，刚从脱贫攻坚一线回来的我，发现三百年前八世祖《桐荫堂诗钞》版本后如获至宝，便使命般废寝忘食地注解，其间多次求问于先生。尤其在初稿完成之后，先生专门拿出时间，逐字逐句审阅、推敲、论证，并多次给予正面评价与深情鼓励，使得这本注解诗钞更加精准，也让我再次感佩先生严谨治学的态度。

先生敏而好学，虚怀若谷，无论居于案牍之中，抑或江湖之远，皆能观宇宙之微妙，察苍生之秋毫，怀济世之悲悯，咏天地之无垠。将公务日常、朋友交往、旅途观望、亲情眷念寄于笔端，其旷世之忧思、绵延之大爱、物我之两忘、拳拳之感念跃然纸上。先生为人自省自律，坦荡如砥，入世而不世俗，其交往之众，无不深感先生清穆平和之君子风范。不以物喜，不以己悲，"掬水月在手，弄花香满衣"般的诗意栖居，已然成为先生超然生活的真实写照。

近年来，先生无论身在何处，始终不忘诗意滋养，每有情致便敞怀吟诵，坐卧行走寄深思，闻见感触发幽情，诗词成为其最大爱好。"山坡遥见牧羊人，脚踏苍茫风里走"，于田园中感知生活的恬淡；"阔步扶贫路，深情入万家"，在工作中践行职责的担当；"艰辛莫道从前事，收获常谈那些年"，于过往中抒发人生的感悟；"一叶轻舟划水过，霞光潋滟竞相随"，在山水中感受自然的灵动；"置身事中，超然物外"，在思学之中阐述深邃的哲思。柴米油盐是生活，喜怒哀乐皆情感，《且从容》诗文集的这五个篇章相映成趣、相得益彰，散发着先生于诗词怀抱中的独特魅力。

先生常说与我为忘年之交，每到此时我总说自己不过为先生众学生中一员。先生于南开求学之时我才出生，与先生交往十年有余，每见其精神焕发一派生机，却也不觉先生比我年长多少，而先生视我为至交也是对我的关怀与爱护。曾文正公有联曰："好人半字苦中来，莫图便宜；世事皆因忙里错，且更从容。"观先生之半世经历，始觉《且从容》诗词文集之意境豪迈，亦感先生之精神高远。今先生已到耳顺之年，诗词有约付华年，数点风流卧江山，实乃人生之快事。

谨以此，祝福先生。

2023 年 8 月 13 日于西北旅中

目　录

风物情致

生活情趣

人生情意

山水情怀

思学情见

后　记

风物情致

　　心情的舒适在于远离喧嚣，平淡而悠闲。淡淡的泥土味，青青的芳草香，简单的生活放慢了人生的节奏，淳朴的环境宁静了纷乱的心情。多一点自在，少许多纷扰，情静无孤独，率性自欣然。

　　一砖一瓦都成念，一草一木皆嫣然。"不戚戚于贫贱，不汲汲于富贵"，"性本爱丘山"者何止陶渊明？山远近、路横斜，竹喧浣女、烟村人家。"不知有汉，无论魏晋"的无忧无虑，也是一种"此间乐，不思蜀"的洒脱。万物有灵，自然成趣；心无挂碍，快意悠然。

八百里唯崇巍耸立悬岩三关楼矗立势
雄宏累岁岂曾守备道峡岳顶风踪
铁马鞍兴隆益赵无功往来关塞
同上次登临瞻古迹云飞险且从容

浪淘沙 登恒山 赵平则诗 徐晓梅书

叶

汲水千娇绿，

收光百媚黄。

与风潇洒舞，

随土护根墒。

无　题

雨过尘挨地，

风来雾上天。

回身一刹那，

水火变云烟。

冬　柳

柔枝月照影疏垂，

只待春风带雨归。

无意寒冬成傲骨，

有心二月舞相随。

寒　天

有冰无雪地凝寒，

物燥深冬凛冽间。

虽是北风常眷顾，

却能看到碧蓝天。

窗外飘雪

六角晶莹玉入川，

轻柔又见映窗前。

悠然四向凌空舞，

洒落人间不是寒。

雪中漫步

漫天白雪倾盆抖，

且自迎风画里走。

一任黑白写意来，

婀娜最喜垂杨柳。

初春大雪

素装一夜覆山川，
旭日微风玉絮寒。
心似春潮翻细浪，
情随雪舞逛长天。

八九燕来

河开八九柳拂尘，
草树无花暗自春。
昨夜东风方入晋，
今朝燕子唱家门。

新春伊始

消寒摘句待阳升，
九九归来再启程。
明月一川清梦起，
桃花十里浴春风。

逢　春

寒鸭戏水柳梳风，
暖树抽芽浅草萌。
燕子归来寻故地，
檐前一片闹春声。

春　晨

乍暖还凉草未新，

寻常岁月又逢春。

枝头小鸟悠闲唱，

来去匆匆赶路人。

倒春寒

已是花开树泛青，

骤来冷雪夜间行。

新芽萌动当施雨，

枯叶凋零不用风。

小 草

何曾炫耀绿川原，

已守平凡百万年。

自是生来接地气，

更兼风雨屡加餐。

高山黄连

一番风雨路三千，

独上寒原阅逝川。

隐入丛中浑不见，

几人知晓是黄连？

土豆花

白紫清妍碧玉妆，

窈窕羞涩小铃铛。

神仙抖落星河梦，

直向苍穹满是芳。

土　豆

但经岁月不言愁，

无论川原与土丘。

风雨寒天无所惧，

痴心一捧向深秋。

秋　叶

岁岁年年绿变红，

悠然飘舞碧空中。

春秋阅尽无穷意，

乐向深冬觅雪踪。

墙缝鸡冠花

寸隙经年不自哀，

任凭风雨向阳开。

扎根敢往岩石去，

昂首能呼日月来。

杏　缘

香浸舌尖味入心，

甘甜只醉有缘人。

今朝未尽千般愿，

且待来年再化身。

喜鹊于牛背上

微风浅草碧云低，

溪水缠绵湿地迷。

喜鹊轻停牛背上，

悄声可是话七夕？

归 牧

夕照冰河霜浸手，
严寒憔瘦村头柳。
山坡遥见牧羊人，
脚踏苍茫风里走。

山村旱厕

四面招风草作帘，
通天接地木石悬。
一夫了却寻常事，
环顾无人始近前。

雾　霾

放眼尘寰土色灰，
硫烟弥漫垢相随。
嫦娥虽悔乘风去，
遥望家乡不敢回。

又见雾霾

冬色苍茫没小亭，
尘埃常伴路人行。
一风呼啸长空碧，
却道无霾好个晴。

雾 霾

灰黄弥漫浸晨昏，

颗粒纷扬土味熏。

忍见远山无绿色，

犹堪近水失清纯。

盼风来扫天空雾，

祈雨能除地上尘。

遮面出行唯露眼，

举头不辨路和人。

沙 尘 暴

肆虐沙尘掠地嚣，

轻狂残叶向天飘。

茫茫恶障排空立，

滚滚黄云列阵号。

前后污浊浑不见，

方圆昏暗势难逃。

休言没有擒拿术，

植树绵延可镇妖。

叹 花

桃花红艳杏娉婷，

月季丁香雅秀灵。

丹吐皆来观靓丽，

霞残谁去扫流英。

叶公徒有真时尚，

季布从无假性情。

倘若心中春不败，

花如盆景驻门庭。

酷　热

两旬炎热地腾烟，

夜半犹烦裹汗眠。

已见禾苗枯萎状，

可知百姓犯愁颜。

运筹应计灾荒日，

仓储方为有备年。

夏雨何时淅沥至，

临窗久伫望云天。

鹊巢随想

依树轻扬入碧霄,

天涯望断路迢迢。

敢逐嫩叶挑寒地,

勤以枯枝垒故巢。

乐向人间传喜讯,

不辞河汉架虹桥。

冲天一任云中意,

万里晴空不够高。

驴之说

纵然跋涉下黔南，
与虎周旋胆未寒。
胜败无常悲看客，
死生有命乐川原。
技穷谁料讹身世，
傻笨由来娱嘴闲。
犹记相知黄胄义，
偶同果老上恒山。

流浪宠物犬

眼色迷离怯近前，
弓腰夹尾乞人怜。
一身病垢凭谁问，
半月饥寒任苟延。
昔日宠娇堂上坐，
今朝落寞路边眠。
忠诚犹在炎凉变，
慨叹尘寰苦乐年。

海子背的风

两壑三山一水分，

无常气候小沟村。

空鸣贯耳惊牲畜，

怒吼穿云遏鬼神。

街巷晨昏风扫地，

户家昼夜瓦敲门。

眼前尽是弯腰树，

常见低头过路人。

注：海子背是宁武县余庄乡的一个小山村，因地势独特，常年大风不断。

梦

离奇怪诞不荒唐，

穿越时空几渺茫。

半晌黄粱徒好运，

十年追忆枉凄凉。

扬州一梦言褒贬，

天下三分论短长。

莫问庄周蝶变事，

红尘幻化本无常。

戏言冬与雪

2月14日下了一场雪，网上有人说，雪本是冬的伴侣，却跑来做春的情人，是冬负了雪还是雪背叛了冬？

冬因护雪玉藏身，

雪报冬恩不染尘。

携手同经寒暑变，

并肩齐赴北南巡。

迟来早走因时异，

从始及终并未分。

二月轻扬酬冷季，

情人节里更情真。

踢毽子

老来几度少年狂，
三五相约运动装。
飒爽英姿迎旭日，
欢声笑语送斜阳。
盘磕拐顶寻常做，
勾挑拉停略逞强。
些许人生烦琐事，
回身一脚便清仓。

〔忆江南〕春　韵

春意袅，

万类纵情娇。

燕过城乡飘绮韵，

桃开山野舞红绡。

无不领风骚。

〔渔歌子〕山乡春早

夜雨无声唤早霞，

叽喳小鸟秀新家。

桃捧蕾，

柳抽芽，

地膜覆盖种西瓜。

〔柳初新〕山桃花

漫游春月谁先艳，

清瘦影、柔姿倩。

花摇彤雾，枝妆碧露，

点染万山明绚。

芳引蜂迷蝶恋。

醉东风、丹霞如幻。

梦里桃源再现，

似崔生、城南一面。

痴心虽苦，愁肠莫堵，

唯愿此生成念。

越千年、瑶池还见，

望蟠桃、情抒霄汉。

〔玉楼春〕叹　春

绿溢层峦峰竞秀，
草盛川原天碧透。
时光不等有缘人，
一任流英风雨后。

慨叹新枝怜豆蔻，
怅惘经年逐影瘦。
常因冷暖辨春秋，
错把相思当念旧。

〔渔歌子〕山村夏日

绿满川原草色迷，

格桑摇曳艳晨曦。

山峻峭，

水涟漪，

风车邀月挂天西。

〔满庭芳〕吃　瓜

盛夏骄阳，枝繁绿艳，

红尘灼浪冲天。

栖身无处，热汗裹单衫。

遥见村边路口，

槐树下、老汉瓜摊。

匆忙至，埋头豪啃，

止渴肚溜圆。

　

顿觉身飒爽，时空之内，

满是沙甜。

怅人寰，幸福如此简单。

万事悠悠秒过，

无执念，俯仰超然。

茶一碗，手摇蒲扇，

闭目看山川。

〔捣练子〕末伏天

出暴晒，
　入蒸笼，
薄扇摇风暑热中。
夜静无眠何所愿，
雨飘窗外少蚊虫。

〔诉衷情〕**烧土豆**

拢柴堆火地头烧，
　绿草细风摇。
　清溪老树相伴，
　野旷彩云飘。

　　席地坐，
　　纵情聊，
　　忘尘嚣。
　饱食无忌，
　大话乡村，
　喧闹村郊。

〔浣溪沙〕秋　叶

一夜寒来凛冽中，
橙黄飘舞漫长空。
揖别树干向深冬。

曾绿川原恣夏意，
也陪山水秀秋容。
嫣然叩土唤春红。

〔点绛唇〕山　楂

淡雅玲珑，

春花恰似繁星缀。

绿荫摇翠，

盛夏婆娑媚。

霜抹腮红，

秋果同枫醉。

冬无畏，

葫芦问岁，

一串酸甜味。

〔诉衷情〕风雪寒天

寒潮夜入太原城，

雪舞地冰封。

朔风呼啸街巷，

瑟瑟冷无情。

衣紧裹，帽霜凝，

裤兜风。

路人多是，进退维艰，

侧背横行。

〔踏莎行〕大雪封村

雪染丹青，风书狂草。
　　山川一夜白催老。
　　孤村不见路人行，
　　枯枝遥对炊烟袅。

情系烟霞，趣逐缥缈。
　　谁言寂静无纷扰。
　　心劳犹自在他乡，
　　那堪野旷寒来早。

〔喜春来〕踏　雪

方闻料峭风传讯，

已是琼花水洗尘，

长天曼舞玉衔春。

望脚痕，串串启童真。

〔诉衷情〕季春飞雪

也曾潇洒荡尘埃，

竭力唤春归。

桃红柳绿才现，

何故染春白？

心诧异，

眼发呆，

叹悲摧。

山川谁料，

一夜飞花，

草木全非。

〔苏幕遮〕烟香一缕

浅呼吸，轻入肺。

一缕轻烟，直解红尘累。

苦辣酸甜谁意会。

寂寞通灵，休道曾流泪。

论功名，说地位。

坎坷人生，

谁个曾无愧？

撞断南墙犹面对。

大路连天，自有风光媚。

〔卜算子〕踢 毽

抬腿走天涯,

　出脚无牵挂。

毽舞风云伴朝霞,

　运动怡当下。

过眼几繁华,

　莫论多和寡。

往事已然且由他,

　得失皆潇洒。

〔江城子〕踢　毽

相约三五觅时闲，

拐勾翻，顶磕盘。

寒暑无休，早晚校园间。

闪展腾挪凭腿脚，

鞋虽厚，不经穿。

人生快意向山川，

阅桑田，看蓝天。

浅淡怡情，

处处有诗篇。

若遇新朋和故友，

一壶酒，乐平凡。

〔青玉案〕踢 毽

晨风唤羽凌空炫，

侧后打、单飞燕。

踏雪寻梅尤矫健。

高飘微步，轻柔灵变，

一毽冲霄汉。

欣然万事寻常看，

浮利虚名懒盘算。

浅淡糊涂能下饭。

勤生欢喜，动祛疾患，

自是心无憾。

注：侧后打、单飞燕、踏雪寻梅均为花毽的动作
名称。

〔破阵子〕公园踢毽

无雨阴凉树下，

有风犄角旮旯。

快剪轻盘旋侧打，

慢拐低磕俯后拉。

急停更绕花。

出脚已无牵挂，

跃身回首红霞。

一羽翻飞心纵马，

四季尘寰苦作茶。

艺歪人不差。

〔十六字令〕羽毛球竞技

冲，

勾挑搓杀吊角攻，

凌空起，

胜负已从容。

冲，

矫健轻柔燕舞中，

身无影，

闪展若惊鸿。

冲，

欣悦人生踏彩虹，

霞光里，

蝶舞跃花丛。

〔好时光〕太极拳

意领身随松静，

如鹤舞，似游龙。

云手往来天地外，

阴阳捋碧空。

格物窥义理，

世上事，有无中。

脚走浑元步，

进退且从容。

生 活 情 趣

世事千变万化，生活五彩纷呈。用心去体验，用情来感受，生活之趣无处不在。窗外雨、杯中茶，油盐醋、你我他，床头梦、眼前花，肩上担、心中家，坐卧行走，闻见感触，俯仰之间皆为情缘。

捕一段心仪的生活细节，掐一丝偶动的灵感火花，沙滩拾贝，花海嗅香，心之所至，妙趣盎然。花鸟虫鱼皆养性，琴棋书画俱修身。柴米油盐的平凡充满欢乐，喜怒哀乐的情绪孕育精神；酸甜苦辣中体会生活味道，悲欢离合里探索人生本真。不以物喜，不以己悲，"苔花如米小，也学牡丹开"。

意领身随于静　如鹤舞似游龙
云手往来天地外　阴阳摆拂
接物观义理　世事有争中
脚
走浑元步逼迫且从容

录连师平则先生词《好时光·太极拳》
岁次癸卯金秋佳节　夏日磊书

《〔好时光〕太极拳》　武磊书

值夜余庄

孤身寒夜静，
床冷梦无痕。
辗转思无绪，
风推过道门。

无　虑

已过中年人不帅，
更添白发成常态。
管它今后会如何，
闲阅诗书当补钙。

无　烦

莫言处处忍为先，
谁个胸怀纳百川？
多少人生烦琐事，
无非一笑了尘缘。

无　忧

壮志何须紫气来，
豪情笃信铁石开。
躬行不避凡俗事，
一地鸡毛是舞台。

无　悔

信言坎坷度俗尘，
屡挫犹存片语珍。
纵使天真撑破肚，
此生无悔耿直人。

无　奈

往事如烟莫剪裁，
黄粱久梦乱心怀。
人生几度寻初见，
只是光阴不再来。

无　题

春秋几度浑如客，
往事经年不可名。
邂逅身闲情未已，
且踢毽子撞晨风。

年　忆

时逢六九春潮动，
街巷琳琅年货供。
犹记儿时盼过节，
蔗糖几块亲人送。

修　炼

省己还须脑洞开，

委身安可再从来。

党风清正祛邪气，

校律从严育干才。

耄耋老人荡秋千

风霜雪雨耄耋年，

懒叙人生苦辣咸。

院外春来寻暖地，

与卿笑语荡秋千。

踢毽比赛

毓秀钟灵自校门，

书生何止吐经纶。

丰姿且看角逐地，

羽毽凌空若彩云。

百日攻坚

层层责任靠肩扛，

身似陀螺分外忙。

资料如山连夜干，

若逢停电借星光。

转业军人的被子

临窗静卧四方身，

薄厚犹如角尺分。

莫道寻常家务事，

功夫之外是精神。

值守空楼

青光孤影几徘徊，

往事如烟不再来。

满目空茫无觅处，

一怀愁绪旧楼台。

山路秋雨

雨入山林窄路滑，
秋风瑟瑟冷枝丫。
盘旋几近悬崖处，
越上葱茏找酒家。

途遇大雾

满目迷茫雾气临，
川原瞬隐路无痕。
仿佛已至凌霄殿，
人在清虚脚踏云。

雪里爬坡

雪白三寸暗成冰，

十里长坡半日行。

几度引擎研水墨，

车轮原地练签名。

庚子年武汉战疫

号令一声战疫开，

白衣剑指鹤云台。

火雷骤起江城岸，

断喝妖魔纳命来。

冬奥会

年年数九觅春容，

岁岁推新事不同。

冬奥京畿擂战鼓，

全球一片五星红。

党的二十大有感

京畿十月起雄风，

大会频传号角声。

句句铿锵增气概，

蓝图指引再征程。

建党 101 周年有感

红旗引领众耕耘，

砥砺百年力万钧。

梦向天空织锦绣，

繁星点点铸年轮。

七夕龙城

秋意绵绵夜色浓，

霓虹遥望几朦胧。

阴云笼罩天空事，

街巷情缘细雨中。

严防

后院前楼咫尺间，
一排铁栅两头拦。
出门要有通行证，
往返需经几道关。

同舟共济

西风携雨浸晨昏，
霜叶飘零树瘦身。
号令一来无老幼，
人人检测去留痕。

坚 守

半月宅家耳目呆,
一天几度傍阳台。
街头难见人车影,
偶有黄衣外卖来。

老人村（辘轳体）

旧街老户映苍黄，
青壮离家为稻粱。
田地荒芜犹过半，
经年稼穑问谁忙？

冬晒斜阳夏纳凉，
旧街老户映苍黄。
戏台午后闲聊处，
儿女虽多不在旁。

疏影摇风杨柳碧，
屋檐燕雀曾留迹。
旧街老户映苍黄，
深院参差徒黯寂。

逐年细草新苔绿，

雨雪柴门累世房。

一份孤独承四季，

旧街老户映苍黄。

又见端阳粽叶新（辘轳体）

又见端阳粽叶新，
伤怀最是汨罗滨。
龙舟几渡江南岸，
一曲离骚贯古今。

红尘浊浪士人心，
又见端阳粽叶新。
一缕忠魂飘不散，
轻雷犹唱九章音。

穷途漫漫沙淤恨，
独醒奈何空郁愤。
又见端阳粽叶新，
艾蒿遍野朝天问。

香草美人独自吟，
伟辞逸响绕河津。
辞悬日月千秋韵，
又见端阳粽叶新。

独步入村

信步东庄去，
时逢旭日升。
沟深人少走，
林密鸟多声。
古道沙棘没，
阴溪乱草生。
登高心向远，
野旷起雄风。

余庄攻坚

风扬白桦树,

雨润格桑花。

晚沐繁星浴,

晨迎旭日霞。

五天四夜住,

两次三番查。

阔步扶贫路,

深情入万家。

上网课

疫情随处起，

讲课上云层。

考试邮箱寄，

论文微信成。

研学皆不误，

素养再提升。

毕业如相见，

且听话语声。

广播操训练

校园四月百花萌，
操场频传训练声。
男女职工齐上阵，
纵横队列各成形。
意坚不惧骄阳晒，
心静何妨柳絮萦。
名次虽为一等奖，
功劳却在体能升。

高速路上遇暴雨

玻璃雨打卷珠帘，

窗外瓢泼水漫延。

翠木蒙蒙云覆盖，

青山隐隐雾连绵。

任凭思绪飞天外，

暂把愁烦撂谷川。

高速驰骋行大运，

彩虹立在路前边。

阅兵有感

三军浩荡志昂扬，

威武雄浑震八方。

国有精兵无所惧，

家余粮物不着慌。

百年莫忘辛酸泪，

万里还须铁壁防。

北斗苍穹增气概，

蛟龙海底有担当。

观警示教育片

腐化奢靡欲不休，

邪情恶念泛污流。

几番侥幸还伸手，

一窍开通已罪囚。

浊泪盈盈思悔恨，

颤音阵阵诉伤愁。

跛足好了今犹唱，

几个红楼走到头？

端午节随想

龙舟竞渡楚江涟，

华夏端阳粽叶鲜。

紫陌延绵骚客地，

红尘绝断汨罗边。

伤怀学识千秋泪，

郁愤诗篇万代传。

独醒奈何浊混世，

丹心一片问苍天。

七夕有感

爱到深时苦亦甜，

无须缱绻自缠绵。

葡萄架下闻心语，

乌鹊桥头觅旧颜。

忍顾艰辛熬日月，

还将希望付来年。

泪河无桨情难渡，

愿做鸳鸯不羡仙。

〔浪淘沙〕大寨参观随想

豪气谱春秋，鏖战河沟。

开山造地治坡头。

竖起三农旗一面，誉满神州。

几度意难休，撸袖加油。

时逢开放续风流。

未忘初心还续梦，更上层楼。

〔虞美人〕七夕随感

一年一度天河会，
　滴尽相思泪。
白头偕老不稀奇，
　却恨两相遥望各东西。

痴男怨女寻常事，
　苦乐皆情致。
当垆卖酒又何妨，
　柴米油盐才是好时光。

〔春光好〕过 年

风回暖，

地犹寒，

疫情间。

已是嫩芽初绽，

少清欢。

雀跃欣逢春到，

人忙罔顾心闲。

抖落红尘无限事，

盼来年。

〔点绛唇〕年末有感

抗疫三年，

几多焦虑身疲惫。

四时应对，

始懂何为贵。

风雨人寰，

莫道曾憔悴。

心虽累，

红尘无愧，

把酒添新岁。

〔采桑子〕疫　情

三年总被新冠扰，
　　人也严防，
　　事也严防，
谁料时间如此长。

一朝静默生烦恼，
　　出户着慌，
　　购物着慌，
检测核酸分外忙。

〔采桑子〕疫后元宵夜

车如流水人攒动，

　接踵摩肩，

　亲密无间，

万众欢欣度上元。

烟花溢彩凌空绽，

　红了蓝天，

　醉了婵娟，

一任心扬癸卯年。

〔浪淘沙〕风雪云中山

风雪路凝寒，

雾锁关山。

地滑坡陡更急弯。

偶遇暗冰车摆尾，

惊悚连连。

习惯练心宽，

忘却艰难。

常将奇险化闲谈。

多少瞬间成往事，

不过云烟。

〔端正好〕山路囧途

雨雪泥泞连天雾，
苍茫里，山隐村暮。
拐弯偏遇大车酷，
闪路旁，悬崖处。

滚石成堆薄冰固，
溜边走，轮滑难住。
斜坡摆尾险成误，
凛冽中，迎风度。

〔渔歌子〕贫困户

吃穿无虞住安详，
两保医疗政府忙。
免学费，
改危房，
病残老弱有人帮。

〔渔歌子〕雨后帮扶

一阵滂沱两脚泥，

伞若游龙雾迷离。

嘘寒暖，

送新衣，

从东入户到村西。

〔渔歌子〕雨雪县城夜

雨雪交加路人稀，

街灯闪烁落虹霓。

衣带水，

脚粘泥，

徘徊往复辨东西。

〔渔歌子〕攻坚路上之一

举措如麻政策详，

对接精准走村庄。

晨入户，

暮归乡，

键盘灯影字成行。

〔诉衷情〕攻坚路上之二

扶贫宁武战攻坚，

　脚步遍沟川。

纵然几地忙碌，

　何惧路三千。

　　深入户，

　　访饥寒，

　　细攀谈。

此心唯系，

百姓脱贫，

责任一肩。

〔长相思〕攻坚路上之三

山一重，

路一重。

草树沟坡映碧空，

沙棘点点红。

网连通，

路连通。

观念依然贫困中，

并非一日功。

〔虞美人〕攻坚路上之四

精神举措全明了，

　资料知多少。

县乡今日又通知，

应对检查周末必坚持。

村情民意时常变，

　精准尤关键。

内生动力欠提升，

入户调研还要促春耕。

〔虞美人〕入户排查

病残孤寡皆温饱，
　兜底凭低保。
转移支付见年收，
田地荒芜过半几人愁？

高房大院虽然在，
　风蚀墙皮坏。
帮扶干部按时来，
难遇儿孙假日在家待。

〔蝶恋花〕扶贫收官

三载攻坚忙几许。

踏遍山川，

莫道风霜雨。

决战收官成壮举，

艰辛成就人生旅。

历历帮扶凝赞誉。

挥手乡亲，

难忘田间叙。

触目流连今寄语，

来年还唱登高曲。

〔临江仙〕中国共产党

烟雨南湖波浪涌，

扬帆万里征程。

九州雷动劲东风。

铁肩担使命，

应考北平城。

信念无前熔特色，

山高我自成峰。

远航天际有长庚。

蛟龙潜大海，

北斗亮云层。

人 生 情 意

　　人生如涓涓细流，一朵浪花就是一个际遇，一片涟漪便是一场经历，掀起的是情感的波澜，沉淀的是难忘的记忆。总有许多事放不下，总有许多人会牵挂。

　　忘不了点点滴滴的恩情，割不断丝丝缕缕的亲情，常想起时时处处的友情。情谊如茶，清幽醇香；情谊如酒，馥郁绵长；情谊如烟，丝缕悠扬。"剪不断、理还乱"的是爱恨缠绵；"从别后、忆相逢"的是魂萦梦牵；"天不老、情难绝"的是山盟海誓；"不思量、自难忘"的是生死情缘。山东兄弟、儿女沾巾，高山流水、一片冰心。

《墙缝鸡冠花》 秦富明书

归 真

（赠漫画家牛力先生）

闲看东流水，

起笔墨惊人。

茶禅心自乐，

情真不染尘。

梅

（赠山西省女子书法家协会主席徐晓梅女士）

徐婉疏枝艳，

晓风岚韵来。

梅香春入户，

雅领百花开。

华广传媒

（赠华广传媒张树峰先生）

华辉传雅韵，

广诵大同声。

树表新媒体，

峰延隽秀程。

赞因抗疫就地过年的人
（步韵闲来）

子丑相连又早春，

辛劳就地过年人。

家国同庆团圆日，

为尔擎杯满酒樽。

附：来福诗社栗社长原诗

水岸西楼识早春，

花中君子更催人。

呼朋携友出城去，

先把东风斟满樽。

参观"手种天真"第二届女子书画展

茶房若隐小园深，

雅乐悠然醉客人。

一纸丹青飘墨韵，

诗心不老种天真。

赞港珠澳大桥

（步韵福地友人）

波涛一枕傲长天，

海陆空连更戍边。

雄视东南群岛链，

虹桥只是小开篇。

附：福地友人"观港珠澳大桥有感"原诗

一条桥路欲通天，

碧海茫茫挂两边。

破浪乘车连港澳，

神州大地谱新篇。

贺《来福之路》创刊百期

百期无数妙文章，

凝聚精神筑路长。

砥砺尤增新气概，

同心再度续辉煌。

赞琵琶演奏者

（步韵李雁红会长）

轻弹慢捻空灵至，
婉转悠扬梦入春。
水碧风清星伴月，
超然一曲远凡尘。

附：李雁红会长诗

几时云雀轻轻唱，
弹拨朱弦淡淡春。
我赞"来福"人似月，
杨花细雨步芳尘！

解封后

（步韵栗社长新春贺诗）

甲子一轮癸卯年，

天伦最乐是团圆。

今朝把酒同声祝，

恭喜家国俱免冠。

附：来福诗社栗社长原诗

虎口新生奔兔年，

万家灯火庆团圆。

前途一路皆成绿，

从此春风不戴冠。

回　家

休道繁忙身在外，

团圆才是年滋味。

纵然千里也回家，

莫让亲情空等待。

过　年

春如潮水入心怀，

每想家乡几日待。

总是匆忙难尽意，

常将惆怅带回来。

小学同学

犹记玲珑瘦弱身，

别来岁月几逢春。

伤怀最是天涯路，

半世风云各自珍。

初中同学聚会

一群翁妪喜相逢，

谁是当年小后生？

别梦尘封多少事，

沧桑半世宛如风。

中秋夜

云汉迢迢满地霜，

山村窑洞可飘香？

别来几度团圆日，

遥望天空念故乡。

头七祭父

含泪烧七叹气归，

屋前院畔影相随。

眼前全是昔时景，

梦里缘何唤不回。

父逝一月

中午阴云下午风，

风携柳絮乱长空。

空蒙万里思无尽，

尽在情缘一念中。

两周年祭父

两年一晃旧时村，

再上荒原祭故人。

去岁雨中风抹泪，

今朝雪里叩深恩。

三周年祭父

触景皆浮梦里身，

九天一去永绝尘。

柴门忍顾常空寂，

不见心中挂念人。

清明被困

谁料今年去上坟，

入村半月守柴门。

清明五载缠绵路，

疫控成全孝顺人。

六周年祭父

凄迷烟雨笼山村，

祭罢来家见母亲。

弟弟拾回柴半捆，

我携泥水有三斤。

毕业三十年返校

相见无由忆旧颜，

欢声犹记马蹄莲。

艰辛莫论从前事，

收获常谈这些年。

事理明晰知进退，

红尘看淡有愚贤。

今朝把酒南开醉，

缕缕纯真落校园。

注：马蹄莲，学校马蹄湖里盛开的莲花。

最美天使

跨跃江河战疫灾，

巾帼逆旅汉阳来。

方舱处处施仁爱，

荆楚频频展干才。

不虑防服遮倩影，

任凭汗水洗香腮。

龙城但见春花放，

便是缘君载誉开。

注：学生任跃君是山西省肿瘤医院的护士长，主动报名去武汉抗疫。学校开学时，她还在抗疫前线。

清明没回乡

悲情萦绕冷西风，
又是清明细雨声。
念祖恩德追往事，
传家仁义向来生。
音容难现神犹在，
片语今闻意韵承。
把酒一樽遥祭拜，
轻烟袅袅上云层。

五周年祭父

又是清明草渐生，
今年无雨也无风。
眼前犹现荷锄影，
身后依稀絮语声。
眷念盘桓情幻梦，
追思起落事催程。
徘徊几度田间路，
只见乡邻正备耕。

〔江城子〕乡 恋

逶迤小道绕山梁，

岭沟长，映苍黄。

垄畔青蒿，

摇曳舞斜阳。

河水清澄杨柳茂，

石板上，洗衣裳。

老槐雀噪矮围墙，

土窑房，捉迷藏。

盘坐炕头，咸菜地瓜香。

日暮磨旁闲聚拢，

听邻里，拉家常。

〔江城子〕无　题

何曾做梦有黄粱，

　性温良，不乖张。

忙碌经年，无绩告家乡。

　阿 Q 精神常做伴，

　尘与路，几心伤。

男儿谁个不担当，

　再繁忙，也坚强。

闲阅诗书，把酒话隋唐。

　纵使平凡如草芥，

　依然是，世无双。

〔江城子〕意阑珊

格桑一曲为谁听？

望双星，叹阴晴。

莫道销魂，

梦醒竟无凭。

花落荒原空怅恨，

谁去问，几番情。

秋风携雨又心惊，

冷霜凝，雾相迎。

峻峭依然，却是远娉婷。

不识葱茏真面貌，

何须怨，此山行。

〔浣溪沙〕参观徐文达先生书画艺术回顾展

墨洒颜筋柳骨才，
笔开正气畅胸怀。
清魂瘦影筑高台。

一把刻刀凭手唤，
几方澄砚苦心裁。
朴拙直待后人来。

〔后庭花破子〕参观"晋甬之好"女子书法作品联展

疏密墨扬馨，

曲直笔阵临。

丝竹铁板韵，

颜筋柳骨魂。

问丹忱，

云烟落纸，

清风浩气淳。

〔苏幕遮〕**夜 宴**

酒犹酣，人已醉，

　步履蹒跚，

　宛若云天坠。

一任忧思逐影碎。

　莫问来年，

　好梦鼾声睡。

话炎凉，说憔悴，

　岁月蹉跎，

　难饰心中愧。

�论古今谁意会？

苦乐红尘，笑饮伤春泪。

〔喜团圆〕夜宴汾河岸

彤云向晚，长河日暮，
曲岸绵延。
霓虹映照风林月，
夜阑意犹酣。

好事心劳，多情念旧，
酒唤豪谈。
伤怀最是，一局未尽，
步履蹒跚。

〔风光好〕**盼　归**

日西沉，
半开门。
庭院徘徊抹脚痕，
暗娇嗔。

心头万绪频交错，
时难过。
恨不天涯附此身，
莫离分。

〔三字令〕无　题

窗外雨，手中茶，
　　念无涯。
尘梦事，几年华。
意朦胧，思断绪，
　　叹风槎。

人在旅，鬓霜花，
　　浪淘沙。
唯记挂，业和家。
纵艰难，犹面对，
　　不图啥。

〔定风波〕校园护花者

两百花盆操场中，

晨昏忙碌影匆匆。

浇水施肥虽受累，

心慰，校园四季有姿容。

分外已成专业户，

义务，斯人却是退休工。

莫道经年劳几许，

无语，往来谁不见花红。

〔蝶恋花〕同学相见

叶舞橙黄秋色老。

　　暮霭时分，

　　惊喜同学到。

急问京津均可好，

畅谈别后相逢少。

难忘南开青涩小，

　　懵懂书生，

　　春梦逐烦恼。

稚气当年君莫笑，

天真已被磨棱角。

〔蝶恋花〕写给2014级法学理论专业研究生班学生

玉露金风天水碧，

疏影层林，

恰是中秋季。

此去开拓多砥砺，

凭君进取家国系。

聚散人生虽不易，

放眼经年，

俯仰皆情谊。

待到菊花黄满地，

还来把酒同窗忆。

〔浣溪沙〕写给 2016 级中研法学理论专业研究生班学生

情谊三年酒满杯，

无须顾盼自萦怀。

今别党校几时来？

圆梦不分南北地，

建功随处有平台。

愿君四海展雄才。

〔鹧鸪天〕写给 2020 级经济学专业研究生班学生

忍见拎包出校门，

相别难禁又回身。

对床夜雨思兄弟，

流水高山念故人。

情犹在，影留痕。

盘桓几度叹风尘。

征程莫问来生事，

唯有今朝才是真。

〔诉衷情〕**宁武印象**

一声问候解疲劳，

初见若深交。

真心实意相待，

无事也陪聊。

尖抿面，

细粉条，

软油糕。

倾其所有，

亲自操持，

摆酒诚邀。

〔菩萨蛮〕清徐人家

青砖灰瓦白墙面，
向南坐北朝阳院。
紫气映朱门，
耕读积善人。

烹茶迎故友，
沾片就汾酒。
谈笑不知时，
归程日暮迟。

注：沾片，即沾片子，清徐特色饭。

〔浣溪沙〕农民建筑工

往返城乡若等闲，

挖渠修路复年年。

云楼不过几层砖。

汗水和泥妆脸面，

铁丝绑纸作门帘。

夜阑孤寂望星天。

〔南乡子〕快递小哥

沐雨经风，

一骑纵横客催程。

早已胸罗千万户，

无误。

使命初心皆不负。

〔雨霖铃〕一周年祭父

寒山崎路，细风丝雨，

意马痴步。

寻常坐北坡地，何曾料想，

成伤心处。

泪眼盈盈祭叩，

纸焚影凝固。

永去也，黄土茫茫，

只有虚空再无父。

煎熬最是节难度，

更牵肠、慈母孤独住。

薄田果树依旧，唯不见，

故人呵护。

此后年年，如遇艰难又向谁诉。

俱往矣，冬去春来，

野放花千树。

〔南乡子〕四周年祭父

独自跪坟旁，

捧土无由两手扬。

想起当年多少事，

徨徨。

难抑哀思处处伤。

满目仍凄凉，

又是花开草未长。

一去尘寰天与地，

茫茫。

心语成堆怕对娘。

〔长相思〕姑娘送来腊八粥

草一秋，

木一秋，

荏苒经年似水流。

情闲事不休。

酒千愁，

诗千愁，

慰藉人生一碗粥。

此心何必忧。

〔忆秦娥〕暮秋回乡

天将暮,

西风残叶霜尘路。

霜尘路,

蜿蜒沟际,

远山低树。

稀疏窑洞村如故,

梨桑院畔人何处?

人何处,

无由总是,

往来频顾。

山 水 情 怀

　　山水之美，美在纯净而自然。水村山郭，莺啼燕舞，四季风景接纳了人的喜怒哀乐；川原云雾，雨雪风霜，异域风光消解着人的怨恨忧愁。置身山水，道法自然，不一样的山水，给予人别样的心情感悟；别样的心情也赋予山水不一样的色彩灵动。无论是奇绝险峻还是轻柔浩渺，总让人心旷神怡。

　　自然即我，我即自然。"在乎山水之间"的欧阳修意蕴通透；"等生死，齐万物"的庄子心境超然。以时间演绎永恒，以空间彰显无垠。无论是看山是山还是看山不是山，山水都是人永远的情怀。

浣溪沙　秋叶

一夜寒来凛冽中　橙黄莫飘舞漫
长空拚别树干向深冬莒绿川
原态放意也陪山水秀秋容嫣
然叩土唤春红

赵丞刘词一号　万永书

《〔浣溪沙〕秋叶》　万永书

车过云中山

坡陡奇石兀，

溪欢浅壑延。

鸟鸣空谷静，

兔跃旷原闲。

野树高低绿，

山花远近妍。

雾从肩上过，

人走碧云间。

夏日游太山

千山一抹绿，

万壑几重烟。

古刹苍松掩，

幽泉曲涧湍。

风摇群岭动，

雨润众生欢。

遗憾唐佛塔，

唯留舍利函。

春到云中山

草卸冬装树绿身，

桃花怒放野山春。

三年宁武扶贫路，

最是云中景醉人。

秋至翠枫山

草木葱茏露水浓，

白云散落碧湖中。

鸟鸣山涧枫林静，

霜叶飘来点点红。

爬 山

遥望寻常一抹高，

几经攀越未及腰。

穿林过涧何其远，

仍见峰峦在碧霄。

山 村

远荡白云近纳川，

石墙土巷小河弯。

花开绿野风车兀，

鸟戏明湖入碧天。

同川观梨花（二首）

清香缕缕入心怀，

玉絮轻柔扑面来。

满目晶莹如幻境，

琼林疏影胜瑶台。

本自玲珑且艳娇，

清纯无意惹蜂骚。

轻柔最怕春寒至，

一阵风来雪乱飘。

壶口冰凌

青山静默覆晨霜，
流水铿锵骇浪藏。
银甲百川巡赤县，
长河万里护炎黄。

张壁古堡

几度金戈入戏台，
琉璃瓦上挂尘埃。
迷疑地道从何始，
且问街心柳抱槐。

迎泽公园

迎风送暑几亭台，
泽荡轻舟往复来。
公众闲暇集散地，
园游不过是徘徊。

汾河晚渡

碧波荡漾晚风吹，
小径通幽百鸟回。
一叶轻舟划水过，
霞光潋滟竞相随。

疫情期学府公园

草木无声冰破冻，

微波细柳轻风纵。

园中偶见几游人，

口罩遮颜行色重。

云中河公园夜景

一水中分草树装，

花灯溢彩秀容乡。

虹桥架起通天路，

明月移来背景墙。

秀容古城元宵节 (二首)

联对灯笼处处红，

上元年味更醇浓，

疫情之后无须问，

尽在相逢笑语中。

房檐门口挂灯笼，

欣趁春风过秀容。

几盏粮忻人已醉，

一番心意月明中。

注：粮忻，忻州本地产的粮食酒。

秀容书院随想

书生自此驾轻舟，

破浪扬帆不用愁。

腹有经纶施伟略，

胸抒豪气戴兜鍪。

观平遥古县衙对联（二首）

衙署门前看对联，

欣从字里见油盐。

王朝多少兴衰事，

百姓衣食父母官。

前堂后寝曲直间，

明镜高悬六百年。

一地安宁民富庶，

无须字里找清廉。

平遥土城墙

残壁斑驳土色黄，

风云变幻历沧桑。

一城厚重今犹在，

谁记当年几度伤。

平遥古县衙随想

七品芝麻秤杆星，

为官犹在解民情。

手中大印肩头担，

哪个拈来也不轻。

车过天龙山网红桥

车随桥转越葱茏，

手拽白云入碧空。

放眼并州何所似，

山河曼舞若腾龙。

晋祠泉水

水镜台前不老泉，

飞梁鱼沼隐涓涓。

奔波纵有江湖志，

先入村庄润稻田。

净因寺

崩山现世土成身，

寺小佛高圣几尊。

自在何如观自在，

净因莫道净相因。

晋商票号

山川走马为通商，

古道驼铃响四方。

一票经年凭信义，

风行最是日升昌。

百团大战纪念碑

巍峨高耸傲长空，

石铸英雄浴血功。

今至碑前读历史，

铭心旗帜为啥红。

登泰山随想

纵目峰峦亿万年，

云涛立马手托天。

硝烟荡尽英雄泪，

紫气翻腾历史篇。

封禅虽然言盛举，

躬行更应问麻田。

人生些许繁杂事，

休向天阶拜泰山。

永祚寺登塔

信步拾阶上塔尖，
举头万里碧无边。
云霞溢彩青山抱，
草树葱茏绿水缠。
闹市熙熙人涌动，
街衢总总路相连。
豪情骤起登临处，
放眼龙城意盎然。

东山秋雨后

穿村越岭路蜿蜒，

雨后东山景更妍。

浅草含珠摇翠绿，

深沟吐雾秀岚烟。

地头酸枣迎霜艳，

垄畔青蒿挂露眠。

醉眼身旁崖壁上，

菊花一簇映蓝天。

永祚寺紫霞仙

莲步星河踏紫烟，

雍容作客至人间。

花开国色惊尘世，

韵溢天香淡宿缘。

一朵犹能名永祚，

满园无意靓中原。

凌霄双塔霞光映，

皆道龙城有牡丹。

雁门关忆杨家将

旌旗猎猎映寒天，

铁马金戈入眼帘。

箭射青山施妙策，

刀横大漠拒狼烟。

山河万里书豪迈，

荣辱一生写巨篇。

为有英雄增壮志，

临风久伫雁门关。

大同市火山群国家地质公园

风雨仿佛天籁音，

高粱玉米溢清馨。

一波绿浪怡人醉，

几缕黄花娱客临。

脚底深坑积沃土，

眼前细木聚丛林。

云闲日照清凉处，

碧水青山抚古琴。

碛口随想

东流到海若云腾，

几度回眸九曲横。

虎啸山峦惊岳色，

龙吟河口戏涛声。

兴衰自古因时易，

起落从来应运生。

满目川原成故事，

浪花依旧笑迎风。

平遥镇国寺

乾祐三年起祸端，

广修寺庙乞平安。

镇国无有治国策，

战火皆因怒火燃。

玉带铜锤成佳话，

帝王朝代化闲谈。

可怜槐树门前站，

屹立千年作景观。

窦大夫祠随想

烈石山下涌寒泉，

柏树参天立殿前。

英济祠中观圣迹，

汾河岸上话流年。

虹巢傲骨今犹在，

古道车辙早已干。

分水惠民阳曲地，

开渠却在郑国先。

冠山游

亭台石刻隐葱茏，

小径幽深路几重。

夫子洞前寻圣迹，

槐音院里觅贤踪。

风行文教千年盛，

雨化英才万代宏。

最是此行难忘处，

丰周瓢饮韵无穷。

〔浪淘沙〕黄崖洞

血染太行风，
　苦难征程。
深沟峭壁用其能。
奋力当年驱日寇，
　绝地逢生。

绿映断崖层，
　岭秀峰横。
石屋静卧小溪声。
但见山花红烂漫，
　五彩纷呈。

注：石屋，左权将军曾经住过的石头小屋。

〔浪淘沙〕登恒山

八百里唯崇，
　壁寺悬空。
三关横亘势雄宏。
果老当年修道处，
　岳顶风踪。

铁马领兴隆，
　燕赵尤功。
往来无不为和同。
今次登临瞻古迹，
　云路从容。

〔江城子〕火焰山

红川秃岭热冲天，

土犹燃，脚难沾。

汗涌如泉，

温度七十三。

纵使神仙罗刹女，

犹躲入，翠云山。

老君八卦火炉翻，

落人间，几块砖。

智慧先民，

掘井始绵延。

欣见葡萄能绿野，

虽戈壁，胜江南。

〔相见欢〕娄烦看杏花

杏花缀满枝头，

几轻柔。

百态千姿红粉遍坡沟。

蜂留恋，

蝶无倦，

意难休。

最是玲珑娇媚惹人忧。

〔江城子〕山中紫菊

一袭冷艳拢秋来，

雨风裁，傲寒开。

飘逸人间，

紫气远尘埃。

独向初冬迎瑞雪，

香自溢，不输梅。

川原无际久徘徊，

念犹追，意难猜。

花落重阳，

何处抚琴台？

流水高山空对月，

心若在，对谁陪。

〔江城子〕离石区西华镇高山草甸

雨飘天外雾遮崖，

露凝花，几枝丫。

水墨朦胧，

远处有人家。

心自随风逐绿野，

苍穹下，抚青霞。

红尘一曲浪淘沙，

锦年华，命天涯。

贵贱高低，

谁个远桑麻。

大志穷途无悔恨，

问良药，酒和茶。

〔端正好〕乡村日暮

日落西山飘彤雾，

斜坡里，

霞染村户。

鸟飞天际逸高处，

古道苍，霜尘路。

晚风轻拂长河暮，

炊烟起，

牛羊归牧。

石墙土巷老槐树，

喜鹊窝，年年筑。

〔诉衷情〕宁武风光

山青水碧太阳高，

牛马遍坡腰。

天池栈道草甸，

冰洞领风骚。

关陡峭，

堡云飘，

寨旗招。

休闲宫殿，

逐鹿行营，

别梦隋朝。

〔诉衷情〕秀容古城

青砖灰瓦韵犹淳,

厚重古城门。

亭台祠庙书院,

千载续人文。

观表演,

品稀珍,

话乡音。

赏玩怀旧,

游乐怡情,

烟火红尘。

〔浣溪沙〕古城元宵节

冰破犹寒古邑城，

石街老巷挂花灯。

元宵社火映春风。

日照川原描锦绣，

月移湖水幻云蒸。

惹来热血几飙升。

〔采桑子〕平遥一日游

三年封控生烦恼，

情也迢迢，

梦也迢迢，

心向蓝天万里翱。

一朝出外身无束，

人也妖娆，

景也妖娆，

却道山河分外娇。

〔减字木兰花〕**游藏山**

山深林密，

沟壑危岩泉挂壁。

古刹雄宏，

松柏参天隐秀容。

恩高如昊，

叩拜程婴因姓赵。

一脉恒昌，

天佑遗孤于此藏。

〔好事近〕游翠枫山

落叶舞秋风，

曲径枫烟频顾。

一水微波碧漾，

映山光岚雾。

菊花几簇聚祥和，

艳惹人歇步。

草树横斜恣意，

任遐思无数。

思 学 情 见

　　好的诗词百读不厌，个中滋味历久弥香。入境心迷神醉，遐思奥妙无穷，仿佛身临其境，依稀可见古人，一词一字皆韵味，一句一篇沐春风。

　　沉浸其中，不断品味，于对比中领会用意，在设问中探究内涵，常有"半亩方塘一鉴开"的豁然开朗。以时空的框架把握人物，用多维的角度辨析事理，亦有"柳暗花明又一村"的峰回路转。于学习中思考，行而不辍，钝学累功；在思考中学习，渐成感悟，宁静致远。

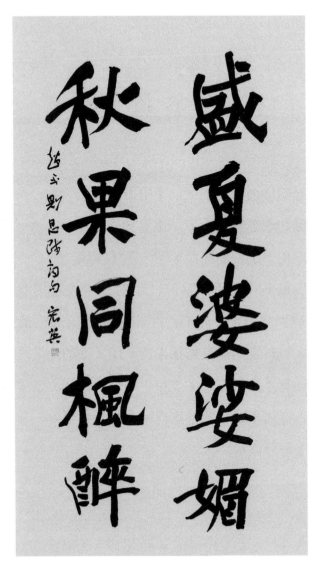

《〔点绛唇〕山楂》摘句　赵宏英书

置身事中　超然物外

——读苏轼《水调歌头·明月几时有》

丙辰中秋，欢饮达旦，大醉，作此篇，兼怀子由。

明月几时有？把酒问青天。不知天上宫阙，今夕是何年。我欲乘风归去，又恐琼楼玉宇，高处不胜寒。起舞弄清影，何似在人间。

转朱阁，低绮户，照无眠。不应有恨，何事长向别时圆？人有悲欢离合，月有阴晴圆缺，此事古难全。但愿人长久，千里共婵娟。

古往今来，写中秋赏月的词不计其数，苏轼的《水调歌头　明月几时有》被誉为"千古绝唱"。这首词于月、酒、风的物象凌乱中构建出一个相互融合的自然状态，也于家、国、人的情感纠葛中升华出一种驾驭现实的人生理念。虽是记述中秋之夜的所思所想，却深刻地揭示了人生的情感哲理。作者置身事中，超然物外，给人以很多的启示。

天与人的和谐

这首词既有对上天的发问，又有对人间的眷恋，既有对月明的怨恨，又有对人生的祝愿，全篇都在围绕着天与人来写。明月、宫阙、琼楼、玉宇，这些物象属于天上。酒、舞、朱阁、绮户，这些物象都在人间。连接天与人的物象有天上的"光"，玉宇清辉，光照无眠；有地上的"风"，乘风万里，扶摇直上；还有地上的"影"，物影婆娑，形影相随。苏轼的想象如同长了翅膀，乘风上天，起舞落地，天地之间，任意往来。从桌上把酒，到举头问天；从乘风归去，到高处惧寒；从起舞弄影，到留恋人间。通过"把酒""我欲""又恐""起舞""何似"等词语的串连，使天与人、物与我相互融合，使远与近、高与低浑然一体。天是人的天，人是天的人，天人之间，互相交织，主体的人与客体的世界彼此相融。

醉与醒的浑然

这首词除了"把酒"二字，通篇看不出喝的什么酒，喝成什么样。若非小序有言，真不知中秋晚上是"欢饮达旦，大醉"。该词虽是醒后之作，却含醉中意象。词里有醉中的迷离，醒后的思考，有醉中的发问，醒后的回答。

词的开篇就是"明月几时有"？"今夕是何年"？这奇崛异常的发问，虽思路清晰，却语含醉态，正如李白的"青天有月来几时，我欲停杯一问之"一样。这难以回答的对天之问，恰是有些醉意后的奇思妙想。酒至微醺，身摇步晃，便有了"乘风归去"的想法和"起舞弄清影"的行为。在一番"问""乘""舞""弄"之后，词中又有了第三问："不应有恨，何事长向别时圆？"这依然带着醉意。因为月亮对人并无怨恨，人对月亮也无法怨恨，至少清醒时不会如此。而对这些疑问的回答就不是醉态了。"人有悲欢离合，月有阴晴圆缺，此事古难全"，这是清醒时掷出来的理性回答，即悲欢离合是人生常态，阴晴圆缺是自然规律，世上没有绝对的完美。由此催发的"但愿人长久，千里共婵娟"，也是醒后才有的至情至理的期盼和祝愿。这三"问"一"答"一"祝愿"，似醉非醉，亦醉亦醒，说出了世间常态，道出了人生无奈。

虚与实的融合

这首词从望天开始，以联想入题，用问的方式，把一个虚幻的天上与现实的人间结合起来。借着酒兴，他"乘风"即"归去"，"又恐"则回来，起舞弄影，来去自如。想象中，天上是玉宇宫阙，孤高清冷，旷远深寒。现实里，人间是天光云影，朱阁林立，绮户连绵。眼前是人欢酒酣，醉歌狂舞，喧嚣达旦；内心则思亲念故，忧家虑国，前途渺茫。

一句"不知天上宫阙，今夕是何年"，不只是对天宫的疑惑，更是对朝廷局势的关切。"我欲"到"何似"的转折，掩盖了出世与入仕的无奈；"不应有恨"的妥协，暗藏着理想与现实的纠结；"但愿"与"千里"的祝愿，则包含着情感与责任的担当。

虚与实、明与暗、言与隐，欲说还休地交织在一起。虚的是天上，实的是人间；虚的是向往神仙般无拘无束、飘逸自在的生活，实的是期望朝廷政治清明、人尽其才的盛举。明里是抒发情怀，暗中也发泄不满；能说的是"兼怀子由"，隐去的还有亲朋故友。若非心头万绪，不会如此纠结；若非欢饮大醉，

不会如此惆怅；若非醒后而作，不会欲言又止。看到
的看不到的，想到的想不到的，尽在其中。

理想与现实的调和

中秋之夜，月明星稀，朗朗乾坤，浓淡相宜。
"我欲乘风归去"，归哪儿呢？是想羽化成仙吗？显
然还不到走投无路的地步；是弃官隐居吗？那也不是
苏轼的性格。其实真正想归去的还是朝堂——那个能
施展他治世之才的地方。苏轼曾有"致君尧舜上，再
使风俗淳"的理想，他想让这个社会人尽其才，地尽
其利，物尽其用，民尽其享。但作为一个外放之人，
他举步维艰。虽想"归去"，又"惟恐琼楼玉宇，高
处不胜寒"。"琼楼玉宇"是鳞次栉比的官场万象；
"不胜"则是对钩心斗角的人际关系的难以应对；
"寒"更是对朝廷的反复无常和官员们的居心叵测的
心伤。一个"恐"字，道出了苏轼多年来的悲苦与无
奈。现实的起伏动荡，内心的矛盾挣扎，始终伴随着
他的宦海生涯。

理想的丰满与现实的骨感虽然纠结，但苏轼自
从外放以来，凭着豁达开朗的性情和热爱生活的本
性，凭着对儒释道的认知把握，他心游天地，汇通

万物，平静地面对着眼前的一切。他知道，人的悲欢离合如同月的阴晴圆缺一样，"此事古难全"，但他依然鼓励自己，要"千里共婵娟"，尽力而为，知足常乐。

悲苦中的期盼

初中进士时，苏轼声名鹊起，踌躇满志。他有"故巢何足恋，鹰隼岂能容"的豪气，对前途充满无限希望。然而，世事岂能尽如人意，近20年的官场生活中他经历了很多，四地为官坎坎坷坷，本是主张变法图强的他，却因上书反对新法的过激行为，致使宋神宗对他不理不睬，王安石对他极力排斥。19岁出川时雄姿英发的少年，现已是"尘满面、鬓如霜"的"老夫"。虽为密州知州，却是外放官员；虽对时政有所见解，却拿现实无可奈何。

经历了宦海风云无情的摔打，经历了亲人离世无尽的折磨，不惑之年的他，灰头土脸。"明月几时有"，"今夕是何年"？不只是对美景易逝、世事难料的感叹，更是因仕途受挫、心有不甘而发出的呐喊；"我欲乘风归去"是志向难抒的不甘与放下一切的向往；"高处不胜寒"是对党争激烈、官场险恶的惧怕；"起舞弄清影"是理想与现实纠结中的挣扎；"何似在人间"则是回天乏力、欲罢不能的无奈。

兜兜转转，思虑难眠，尽管阴晴圆缺无奈，依然心存期盼。即使无法归去，依然不能有恨。悲苦中的苏轼，怀揣着一份无法兑现的美好，欲说还休，"栏杆拍遍，无人会，登临意"。

追忆中的解脱

月圆之夜是团圆之夜，一家人围坐一起，饮酒赏月，其乐融融，何其快哉！而现在的苏轼却倍感孤独。慈母程氏在他考上进士的第二个月（1057年4月）去世。年仅27岁的爱妻王弗，于他凤翔回京担任史官的第二个月（1065年5月）离他而去。严父苏洵，在王弗去世的第二年（1066年4月）也悄然走了。1063年3月，非常赏识他的宋仁宗驾崩；1067年，曾想重用他的宋英宗归西；1072年9月，一直对他关怀备至的恩师欧阳修辞世。

面对着一轮皎洁的明月，苏轼百感交集，一杯浊酒，几度凄凉。幼年时，母亲的谆谆教导犹在耳边；科考前，父亲的以身作则宛如昨天；梦萦里，娇妻的身影依然伫立在窗前；追忆中，恩师的指点激励还在回响。念天地之悠悠，思前途之茫茫，他想"乘风归去"，到天国见见他们，可高处寒冷去不了，寂寞的他只能"起舞弄影"，一任酒入愁肠。天国不能相聚，人间不能团圆，抽刀断水，举杯浇愁，一句"不应有恨，何事长向别时圆"？是多么的揪心，隐含了多少天地之隔带来的凄苦与哽噎。

大家不团，小家何圆？一腔幽恨无处诉说。可思归思恨归恨，想不开也得想开，怪完月亮还得用月亮来安慰自己。古往今来，阴晴圆缺的转换本是自然，悲欢离合的变迁也属常态，只要月儿圆，就能共婵娟。

思念中的祝福

该走的都走了，在这月圆之夜，唯一可牵挂的亲人，就剩下相依为命的弟弟苏子由了。苏轼与弟弟苏辙的感情至深，《宋史·苏辙传》记载："辙与兄进退出处，无不相同。患难之中，友爱弥笃，无少怨尤，近古罕见。"苏轼曾感叹"嗟予寡兄弟，四海一子由"。苏辙也感慨地说："手足之爱，平生一人。抚我则兄，诲我则师。"兄弟俩"相约早退""夜雨对床"，财物相助，情深意长，都把对方当成唯一。

1061 年冬，苏轼赴任凤翔，这是兄弟俩相处 20
多年后第一次分开，在路过渑池时苏轼写下了著名的
"人生到处知何似，应似飞鸿踏雪泥。" 1071 年 7
月，苏轼赴任杭州时先到陈州看望弟弟，逗留 70 多
天，随后兄弟俩又同至颍州看望恩师欧阳修。在颍
州分别时，苏轼感叹道："我生三度别，此别尤酸
冷……人生不别离，谁知恩爱重……"（《颍川初
别子由》）。1074 年，苏轼去密州上任，本打算去
齐州看望弟弟，路上，苏轼写了《沁园春·孤馆灯
青》："孤馆灯青，野店鸡号，旅枕梦残……当年共
客长安，似二陆初来俱少年。有笔头千字，胸中万
卷；致君尧舜，此事何难？"满心期盼着和弟弟再次
相聚，结果，既没有在齐州见面，也没能在密州相
逢。正是这密州的团圆之夜，唯一至亲的弟弟却不能
相见，无尽的思念萦绕于心。面对"此事古难全"的
无奈，对"四海一子由"的牵挂最终化成"但愿人长
久，千里共婵娟"的祝愿，弥漫长夜，久久飘荡。

感伤中的超越

喜怒哀乐虽人生常态，苏轼的经历似乎更特殊
些。月圆之夜，把酒之时，仕途的失意、亲人的逝

去、兄弟的分离，各种复杂的情感都涌上心头，让苏轼感慨不已。他问天问月问人寰，"何事长向别时圆"？结果是天不应、月不答、人无语，一切的一切"古难全"。

现实已然如此，置身事中谁也纠结；逃避绝无可能，超然物外才能解脱。"休对故人思故国，且将新火试新茶"，换一种思路就是一种新的活法。于挫折中感悟，于感伤中超越，把一切都想开看淡，所有的经历都能成为成长的基石。苏轼以自己儒释道的思想去化解心中块垒，"用舍由时，行藏在我，袖手何妨闲处看。"无论什么艰难险阻，不管多少愁烦苦恨，最终都被他吸收化用，成为精神食粮。他对个体生命和人世生活爱得非常深沉，能"出新意于法度之中，寄妙理于豪放之外。"他对世事人生的苦难与空幻看得非常清晰，通透的生活哲理和温暖的人性人情水乳交融。他淡泊名利，豁达热忱，无论"今夕是何年"，都能"千里共婵娟"。

一曲几多弦外音

——读《过华清宫》之一

长安回望绣成堆，

山顶千门次第开。

一骑红尘妃子笑，

无人知是荔枝来。

杜牧的这首《过华清宫》乃咏史经典，全诗没有难字，不使典故，朴素自然；句句寓意精深，含蓄有力，见微知著；读来一波三折，发人深省，余音绕梁。

回望

首句中的"回望"不单单是快到长安时远远地回头遥望，更是对历史的回顾。遥望的是现在骊山的模样，回想的是曾经发生在骊山的事情。一个"回望"

包含了复杂的思想活动，把安史之乱的原因与结果、唐王朝的兴盛与衰落联系起来，把诗人一路的深思感慨带了出来。

盛唐时的华清宫是皇帝的行宫也是富丽堂皇的地标性建筑群。杜牧之前并没有去过华清宫，这次途经骊山望到的是安史之乱后的华清宫，是郁郁葱葱的东、西绣岭遮掩下的部分残存建筑。兴衰谁人定，胜败岂无凭？杜牧对历史非常了解，他触景生情，思索了一路，决定借诗来一抒块垒。

次第

第二句中的"次第"既是排场也是讲究，使宏大的场面跃然眼前，紧张的气氛骤然而至，把人的思绪带回到那个繁华鼎盛的时代。骊山上的华清宫富丽堂皇，巍峨的殿宇层层叠叠，忽然，厚重的宫门一重重依次打开，非常隆重而气派，显然是有什么重大事情要发生。前两句从"绣成堆"到"千门开"把场景铺设好，就剩主角上场了。读者也被吊足了胃口，期待究竟发生了什么事。在这部剧中，贵妃是女主角，"使者"是男主角，皇帝和大臣、太监及宫女是配角，沿途的老百姓是群众演员。

一骑红尘

第三句"一骑红尘"的"一骑"是虚指，不是指一匹马，应该是三匹以上的马队。如此重大的活动不可能让一匹马来进行，一匹马驮的东西太少，万一有闪失非同小可。"红尘"是指飞扬的尘土，既说明马跑得快，也暗示马比较多，还隐含着沿途的老百姓看到这阵势惊诧不已，满是疑惑不解的目光。用训练有素的快马及专人运送，说明事情紧急，时间不能耽搁。悠悠万事，皇帝为大，皇家做事就这么潇洒率性，无人能及。

笑

"妃子笑"是一个人物场景。在华清宫里，一群太监宫女簇拥着衣着华丽仪态万方的杨贵妃，当她听到马队来的消息时，脸上露出了满意的笑容。这一"笑"所具有的讽刺意味是：它写出了杨贵妃恃宠而骄、心满意足的神态；写出了唐玄宗言听计从、昏庸荒唐的嗜好；写出了满朝文武曲意逢迎、诌媚苟且的心态。这一笑暗含着多少人的生命和财物的无谓消耗，也预示着唐王朝衰落的开始。杜牧没有强调妃子的嫣然一笑有多美，妃子经常笑了，无非是"百媚生"而已。他没有怪妃子，妃子本是无辜的。杜牧痛心疾首的是如此隆重的场面，竟是为了小小的荔枝，正如李商隐的"可怜夜半虚前席，不问苍生问鬼神"一样，其中所蕴含的大与小、轻与重、官与民的为政理念是何等的荒唐可笑。想到此，也许诗人也不得不露出嘲讽的冷笑和无奈的苦笑。

无人知

"无人知"的"人"指的是谁呢？肯定不是皇帝和妃子（因为他们知道），也不是身边的太监与宫女（这些人知道与否不重要），而是沿途看到"一骑红尘"的老百姓。老百姓惊讶，路人们疑惑，他们也许会猜测是呈送紧急军情的探马，却万万想不到是奉送荔枝的特使。不只是猜不到发生了什么，即使荔枝吃完也不会相信有这样的事情会发生。无人知的"人"也包括压根没有看到"一骑红尘"的许许多多的人，他们更不知道皇宫里一天天地在发生什么事。

吃荔枝是小事，但为了满足个人的生活享受，不惜人力、物力、财力，不惜动用军用马匹等战备物资，统治者自己都觉得荒唐而不可告人，所以，消息是封锁的，不敢让人知道也不能让人知道。一句"无

人知"抖落出多少事？点醒了多少人？"无人知"的
事绝不止运送荔枝一件。联想到重用奸臣、荒于政事
以及安史之乱爆发、王朝衰落等等，可以想见那些荒
淫奢靡、荒唐龌龊的事还有很多很多。

伤春人别有怀抱

——杜牧《秋夕》浅谈

银烛秋光冷画屏，

轻罗小扇扑流萤。

天阶夜色凉如水，

坐看牵牛织女星。

杜牧的《秋夕》诗精美绝伦，给人以无限的遐想。基于喜欢，谈几点个人拙见。

三个重要词

轻罗小扇

诗中"轻罗小扇扑流萤"的"轻罗小扇"，很多解释是"轻巧的丝织团扇"，即"轻罗"是指"小扇"的材质。

"罗"作为名词，指轻软而有眼纹的丝织品，"轻罗"即轻柔的丝织品。把"轻罗"解释为扇子的材质虽然也可以，但把它理解为着装更好。

其一，一首诗二十八个字，一把扇子就用了四个字，是否这个随手之物的着墨多了点？其二，"小扇"已经很轻巧了，再用它的材质来说它更轻巧，也没必要这么刻意。其三，如果说是以此显示女主人身份的特殊，一把小扇也远不如一身裙子名贵。所以，把"轻罗"理解为女子的着装要好些。"轻罗小扇"的意思就是：身着轻罗，手拿小扇。这样去"扑流萤"，更能凸显示女主人服饰轻柔、动作轻盈、姿态俏丽，诗句的内涵也更加丰满。

天阶与天街

诗的第三句有"天阶夜色凉如水"与"天街夜色凉如水"两种说法。"天街"是指京城的大街；"天阶"是指露天的台阶。诗中描写的主人公为年轻的女性，秋天的夜晚比较冷，女孩子不能坐在街上，也不可能坐在街上了。如果那样，不仅不雅观，甚至有点傻。所以，正确的应该是"天阶"。全句意思是：露天的台阶在夜晚冰凉冰凉的。

坐看与卧看

诗的第四句也有"卧看牵牛织女星"与"坐看牵牛织女星"的两种说法。按诗中所描述的实际情况应是"坐看"。秋夜里坐着都凉，卧着更冷，台阶一般都不宽，女孩子不可能卧着。况且地上可能有土有昆虫，卧着实在不好玩。如果说"卧"是指回到屋里躺着，那就不是"卧看"了，只能是卧思、卧想，因为屋里根本看不见天空的星星。而坐着就不一样了，可以仰起头专注于观望天空，也能无死角旋转脑袋，如果嫌石阶凉时还可以拿个垫子垫上。

"天才横逸"的杜牧，不会"街""阶"不分，"坐""卧"不论；也不会只顾描述扇子而忽略人物的服饰。千年前的诗作流传至今，誊抄刻印中有点疏漏在所难免，对其甄别考究是对作者最好的尊重，也是对作品最好的欣赏。

清淡闺情诗

人们普遍认为这是一首"宫怨诗"，说杜牧写的是失意宫女的孤寂、凄凉和幽怨，是借宫女的形象来抒发自己怀才不遇的感慨。理由有三：一是"扇子"。"轻罗小扇"的"小扇"象征着宫女被遗弃的命运。理由是古人有"秋扇见捐"之说（见：被；捐，弃），扇子本是夏天用来挥风取凉的，秋天就没用了，故以秋扇比喻弃妇。二是"流萤"。理由是古人认为萤火虫是腐草所化，只有人少的地方，才会出现萤火虫。萤火虫出现在美人居住的地方，说明门庭冷落，人迹罕至，意味着美人失宠。三是"天阶"。"天阶"是指皇宫中的石阶。所以，秋夕诗是写宫女的宫怨诗。

我认为《秋夕》这首诗写的是一缕清愁，是对闺中少女的无聊与寂寞的慨叹，是对豆蔻年华的萌动与期盼的描绘，它是一首清淡的闺情诗。之所以说清淡，是因为此时的少女还没有出嫁，更没有经历婚姻生活，懵懵懂懂，还不知道真的爱情是多么的刻骨铭心和欲罢不能。

首先，说它是"宫怨诗"的三个理由并不能说明《秋夕》就一定是"宫怨诗"。先说"小扇"。此处的小扇因为用在秋天，所以也称"秋扇"。秋扇因班婕妤《团扇诗》的影响，常和宫女失宠联系在一起。其实秋扇也有空怀一番情意、有心而无奈之意。此外，《秋夕》诗中所说的七夕傍晚大致在公历的八月中下旬，应该是末伏或刚过末伏天，天依然比较热。无论是当时的长安，还是比较湿热的江南水乡，扇子仍是随手常用之物，未必是为了暗指宫女而刻意加之。再说"流萤"。萤火虫出现的地方，其实是植被较好、水质干净的温湿地域，并不是荒凉之地。皇宫里虽有可能出现萤火虫，但有萤火虫的地方很多，江南水乡的歌楼舞榭出现的频率更高。这些地方即使出现萤火虫，也不代表门庭冷落。至于"天阶"，虽有指皇宫的台阶的一说，但也有露天石阶的含义。石阶是有钱人家门前院内的常见之物，更是舞榭歌楼的必备装饰，并非皇宫专属。

其次，从杜牧的人生经历来看，他曾是歌舞场的常客，对年少女子的情况比较熟悉，写青春少女的生活驾轻就熟。他给歌女张好好写过《张好好诗》（君为豫章姝，十三才有余……）；他给金陵女子杜秋写过《杜秋娘诗》（京江水清滑，生女白如脂。其间杜秋者，不劳朱粉施……）；他与歌女分别时写《赠别》诗（娉娉袅袅十三余，豆蔻梢头二月初。春风十里扬州路，卷上珠帘总不如。）；他因"十年之约"

的错失写过《叹花》诗(自是寻春去校迟,不须惆怅
怨芳时。狂风落尽深红色,绿叶成阴子满枝。)诗中
所写都是少年女子。"十年一觉扬州梦"的杜牧太了
解这些青春萌动的女孩子了,甚至有可能与这些少女
们一起度过七夕。至于宫女,杜牧即使有所了解,也
多是听说,很难见到。他不像李煜一样天天在宫里,
对宫女的情况耳熟能详。

再次,《秋夕》诗按宫怨诗理解比较沉重,使人
联想到的是失意、失宠,幽怨、凄凉。读罢感觉美好
的夜晚充满了怨恨,豆蔻的年华遭到了摧残。而且,
一个普通宫女的境遇,既不似秦淮歌女、金谷绿珠有
代表性,又不像"铜雀二乔""红尘妃子"有特殊
性,杜牧未必会如此意味深长。《秋夕》诗按闺情诗
理解则蕴藉清新、耐人寻味,使人联想到的是年少女
子的清愁淡虑、清纯含蓄。

这首诗描述的是年少女子在七夕晚上的活动片
段:豆蔻窈窕女,宅家不自矜。轻罗莲步起,挥扇
扑流萤。秋夜凉如水,石阶作草茵。星河久凝望,
悠悠七夕心。李商隐曾说"刻意伤春复伤别,人间
惟有杜司勋",杜牧确实是善于写这类寓意深刻的

忧时伤事诗。

董仲舒说"诗无达诂"，每个人都可以有独属于自己的感受，各种认识和理解可以并行不悖。在众多的学者中，也有认为《秋夕》是闺诗的。如《诗境浅说续编》就认为："前三句写景极清丽，宛若静院夜凉，见伊人逸致。结句仅言坐看双星，凡离合悲欢之迹，不着毫端，而闺人心事，尽在举头坐看之中。"《唐人绝句精华》也认为："此亦闺情诗也。不明言相怨之情，但以七夕牛女会合之期，坐看不睡，以见独处无郎之意。"

《秋夕》按闺情诗理解是这样的：

秋夜初上，银烛点起，晃动的烛光与画屏上的漆光交相辉映，屋里冷冷清清。身着罗裙的少女不甘寂寞，走出屋子，可空荡荡的院子里连个可说话的人都没有。孤独中看见萤火虫飞来飞去，于是就用扇子追着扑打，以此打发无聊的夜晚。扑着扑着累了，可又不想回到孤寂的屋里，于是就坐在屋前冰凉的石阶上。夜渐渐深了，院里一片寂静，少女凝望着天空，遐思这七夕的夜晚，牛郎和织女在鹊桥相会……

清纯少女心

四句诗细细嚼来，每句都有一个关键字。起句的关键字是"冷"。这里的"冷"指的是室内冷清，并不是室内寒冷。银烛与画屏互相辉映的室内本应舒适温馨，却用了一个"冷"字，道出了少女的孤独寂寞的状态，也引出了下面的故事。

承句的关键字是"扑"。少女从无聊的家中出来，闲步在空荡的院中无事可做，看见萤火虫飞来飞去就用小扇子去扑。杜牧在这里不用"打""拍""击"而用"扑"，非常形象而生动。说明少女力气不大且没有想把萤火虫打死的意思，小扇也不是扑萤的工具，只是打发时间的戏耍而已。然而就是这一"扑"，忽东忽西，忽快忽慢，起起伏伏，罗裙轻盈流动，动作娇小柔美，展现了少女轻柔灵动的形体和活泼可爱的神态。

转句的关键字是"凉"。露天的台阶因为秋天的夜晚温度下降而变凉，这是实实在在的凉；扑了一阵流萤身体发热，突然坐在石阶上，这是触觉上的凉；寂静的夜晚空旷寂寞，这是心里孤独的凉。这一"凉"字再一次触动少女那颗柔软脆弱的心。

　　合句的关键字是"看"。这"看"不是偶尔抬头的仰望，也不是漫不经心的遥望，而是目光呆滞的凝望。石阶虽凉却坐着不愿回家，还久久凝望着天空，为什么呢？因为七夕是乞巧节、女儿节，这天晚上少女们祈福许愿，祈求巧艺，祈祷姻缘。天上的牛郎织女是美好爱情的象征，少女在期盼和幻想着美好的未来，无尽的遐想在心头翻滚。

　　通篇只有室内和室外两个场景，通篇也只是动与静、冷与热在交替进行。在傍晚朦胧灰的背景、凉如水的氛围下，冷清的室内沉闷无聊，清冷的室外扑萤消遣；孤寂的夜晚心潮起伏，浩渺的星空凝目遐思。情窦初开的少女没有叹息的表情流露，没有怨恨的心理活动，甚至没有讲一个字，但她内心灼热，心头万绪。屋冷夜凉心不静，一腔心事意缠绵；眼前万般皆不是，"坐看"星空起波澜。因为，豆蔻年华的少女是有了心事，恰如那若隐若现的萤光和微弱晃动的烛光，影影绰绰，如梦如幻，欲罢不能。

味无味、材不材，欲说还休

——读辛弃疾《〔鹧鸪天〕博山寺作》

不向长安路上行，却教山寺厌逢迎。味无味处求吾乐，材不材间过此生。

宁作我，岂其卿。人间走遍却归耕。一松一竹真朋友，山鸟山花好弟兄。

辛弃疾这首词中最经典的两句是"味无味处求吾乐，材不材间过此生。"这两句提纲挈领，是整首词想要表达的主要思想，也是辛弃疾一生坎坷的写照。

一

"味无味"语出《道德经》第六十三章，包含两个方面的意思。其一是说要从没有味道的食物中品尝出味道，从平淡无奇的现象中感知事物的真实，无味也是一种味道。其二是说即使是吃有味的食物，也要吃出原来的清淡，要吃出无味，这样才能了解食物的本味，进而感知事物的本来面目。

"材不材"语出《庄子外篇·山木第二十》，其中记载：庄子与弟子们看到两种现象，一是树木因为无用而终享天年，二是家鹅因为无用而先被宰杀。这一矛盾现象使弟子们产生了疑惑，问庄子该怎么办？庄子说"处乎材与不材之间。"材与不材既有好处，也有坏处，是人生的尴尬。庄子认为解决的办法就是做到无用之用。这种"无用之用"是庄子提倡的处世之道，即"乘道德而浮游"，顺应自然但又不受外物的拘束。

辛弃疾这里的意思是：于没有味道的事物中硬咀嚼出味道来，以此寻找生活的快乐；在施展才华与不展现才能的纠结中要把握尺度，艰难的度过一生。这里化用典故只是用以强调自己这些年的处境，并非借用原句的全部含义。

二

首句"不向长安路上行",说自己不再向通往京城的路上走了。为什么说"向长安"而不说向当时的国都临安呢?这是辛弃疾的心结。长安曾是大唐盛世的都城,象征着中华强盛、国家一统。辛弃疾不能忍受国家的南北分裂,心目中长安就是国家的一个重要部分,有长安就意味着国家的完整,而他一生致力的也是国家的统一事业。他的词里经常出现"西北有神州""西北望长安"等句子,也是暗含此意。

次句"却教山寺厌逢迎",是说居住带山以来总往附近的博山寺去消磨时光,去的次数多到山寺都讨厌自己了。此句中"厌"字不是说博山寺的人讨厌他,而是强调出入次数太多,自己都觉得山寺讨厌自己了。三四句说自己现在的状态是于"味无味处"寻求快乐,在"材不材间"虚度人生。

五六句"宁作我,岂其卿",是说自己不愿意委屈依附,宁做独立不阿的我也不曲志附人。这是"不向长安路上行"的根本原因。声言自己顶天立地,堂堂正正,绝不趋炎附势、同流合污。"宁作我"语出

《世说新语 品藻篇》："我与我周旋久，宁作我。"意思是"我和自己长期打交道，宁愿作我。""岂其卿"语出杨雄《法言·问神》，原意是说君子应该以德而名，岂可以依附公卿而求名。

第七句语出苏轼《〔江城子〕梦中了了醉中醒》："只渊明，是前生，走遍人间，依旧却归耕。"说自己奋斗半生，走遍大江南北，到头来还是一个普通的农人。最后两句说归耕也挺好，有松竹真朋友，有花鸟好弟兄。这"真"强调松竹的品行真实无假，高洁不变；这"好"则是说花鸟能常相伴而不背叛，没有尔虞我诈。物以类聚，人以群分，这松竹的真与花鸟的好也表明辛弃疾自己是一个什么样的人。

三

"不向长安路上行"是当时的实际情况，因为辛弃疾是被罢官之人，一则不需要再去向朝廷请示汇报，二则仕途上也看不到希望，不想再去做无谓的努力。总去博山也是现实，辛弃疾赋闲带湖期间，经常往来于博山道中，这期间以博山为题的词就有十四首之多。但他不是真的忘情于山水游乐，安心于闲适平淡，而是依然惦记着北复中原的大志。在他心里，始终是"布被秋宵梦觉，眼前万里江山"。如果真的醉心于山水，那就不是"味无味处求吾乐"了，而是怡然自得，乐此不疲。之所以在"味无味"、"材不材"间煎熬，是为了平复受挫的心情，打发无聊的时间，消磨尴尬的处境。

能不能不去博山而去临安呢？或者说不用艰难地自食其力而换一种潇洒体面的活法呢？肯定能。凭他的文才武略要混迹官场绰绰有余，只要与主和派站在一起就行。但道不同不相为谋，辛弃疾偏不。"宁作我，岂其卿"，志向不可变，气节不能丢，宁可做一个躬耕田园的农夫，也不摧眉折腰依附权贵。纵然是生活在"味无味处"也要品出味道，即使是苟且于"材不材间"也能过完此生。性格倔强的他，坚持着自己独立的品操。性格使然，归耕必然，并无怨恨，只是怅然。

归耕的日子肯定不同于为官的生活，苦得吃，贫得受，生活中的一切事务都得自己操心料理。身体受累倒还是其次，关键是心里憋屈。怎样办呢？向陶渊明学习，或"种豆南山下"，或"采菊东篱下"，将松竹当朋友，拿花鸟做弟兄，有才当无才，无味品其味。

四

全词围绕着"味"与"材"层层展开，从眼前状态到心中所想，从归耕之由到花鸟慰藉，似乎在说隐居生活，其实是在感叹人生。在辛弃疾眼里，真正有味的是为国征战，建功立业；而无味的却是与一帮不成器的君臣打交道，碌碌无为。人生最纠结的不只是从无味中品出味道，还有把津津有味也吃成索然无味，在是非颠倒中扭曲地活着。人生最无奈的不只是才疏学浅而难当大任的苟且，更有才高八斗却报国无门的憋屈。曾经"金戈铁马，气吞万里如虎"的战将，却难以实现"了却君王天下事，赢得生前身后名"的愿望。被罢官以来，于无趣中寻找乐趣，在煎熬中打发岁月，"却将万字平戎策，换得东家种树书，"这是何等的酸楚？多少次的"欲说还休"凝结成一声长叹："天凉好个秋！"

"味无味处求吾乐，材不材间过此生。"常与松竹做朋友，还将花鸟当弟兄。真个是"栏杆拍遍，无人会，登临意。"

此心安处是吾乡

——读王安石《游钟山》有感

终日看山不厌山，
买山终待老山间。
山花落尽山长在，
山水空流山自闲。

这首经典的山水七绝是王安石第二次罢相回到江宁时所写，且不说其八个"山"字回环反复匠心独运之精妙，也不论其法性本空的禅思哲理，仅就其中表现出的沉稳老练之心境足以让人回味无穷。

整首诗以一种漫不经心的口吻来写，诗中既无波澜也无悬念，云淡风轻且通俗易懂。诗的前两句说自己与山的关系，后两句写自己对山的认识和感悟。"终日看山不厌山"是说一天到晚看山却未曾厌烦，

已经适应了与山为伴的生活。"买山终待老山间"是
说在山间购买一块地方以待终老其中，把这一生走
完。"山花落尽山常在"是说不要纠结于山花零落、
美景易逝，只要山在，年年都会有花。"山水空流山
自闲"是说山间的溪水不停地奔波也没留下什么，而
巍峨不动的山貌似清闲，却能静享花开花落、云卷云
舒。从这首诗中我们可以感受到：

归而未隐。王安石回到江宁老家居住，是归乡而
不是归隐。隐是刻意把自己藏起来，很少见人。而王
安石并没有住进山里不露面，也没有耕田种地自食其
力。他经常骑着毛驴到附近的钟山去走走看看，并没
有刻意远离喧嚣。不像陶渊明"结庐在人境，而无车
马喧。"（《饮酒 其五》）有意躲避世俗的烦扰。
陶渊明是因为"少无适俗韵，性本爱丘山"，所以
才"开荒南野际，守拙归园田"。（《归园田居 其
一》）而王安石驰骋官场几十年，是在大风大浪里走
过来的人，曾经沧海的他无处可隐也无须再隐。

喜而不迷。人人都喜欢山，只是程度不同。王安
石也喜欢山，但他不痴迷山。天天与钟山在一起并没
有沉浸其中，只是不讨厌而已。他没有王维"行至

水穷处，坐看云起时"（《终南别业》）那般痴迷；也不像李白"相看两不厌，只有敬亭山"（《独坐敬亭山》）那样带着孤独与失落的伤感情绪。这与他的心境有关。如果是荣归故里，也许去纵情山水，因为是罢相，所以悄无声息。一句"不厌"已经是胸怀宽广了，不可能忘乎所以。唯一的希望也就是"老山间"，即悄悄地消失于此山中，这是一位智者的老来所思。

憾而无怨。 曾经喊出"天变不足畏，祖宗不足法，人言不足恤"的王安石，一心致力于变法图强。在位时虽尽心竭力，但仍有很多无奈和不甘，因为"革命尚未成功"。辛弃疾可以发发牢骚，"味无味处求吾乐，材不材间过此生。"（《〔鹧鸪天〕博山寺作》）而他却不能有任何抱怨。变法的失败怨皇帝、怨大臣、怨百姓吗？天地君亲师，谁都不能怨。身份不一样，怨谁都是打自己的脸。正如每天和"山"打交道一样，怎么能讨厌"山"呢？职场上可以吆五喝六，离职后就不能说三道四了，随遇而安才是最好的选择。

休而勿念。 虽已回乡，但心里难免还记挂着过去的人和事，他告诫自己要放下期待，活出一种没有执念的洒脱，不要自己和自己过不去。"山花落尽山长在"，山在花就在，只要国家还在正常运行，总有人会做自己没做完的事，有什么可担心的呢？在职时努力去干，离职后放心来休，无须杞人忧天。不要跟流水一样，劳心劳力，没完没了。要像山一样气定神闲、把一切都放下，安享一份自在从容。恰如东坡词言："此心安处是吾乡。"既已回乡，自此安心。

一句话可见智慧，一首诗展显格局。王安石貌似寻常不过的一首诗，却有审时度势的分寸拿捏，也有通透洒脱的想开放下。人生之路，走走停停是一种闲适，边走边看是一种优雅，边走边忘则是一种豁达。王安石历经千难万险仍能出入自如，进退风流，难怪乎梁启超在《王安石传》中推崇其是"三代之下"唯一完人。

后　记

很早就喜欢诗词，但只停留在看看并偶尔背诵几句，至于写却一窍不通。担任专职班主任以来，有幸与各行业的学生们沟通交流，常被大家横溢的才华及独特的能力所感染，便觉得自己作为一个老师却不是在讲台上传道、授业，仅仅做些管理工作，少了点什么。2011级公共管理专业的研究生们拍摄完教学微电影以后，这种感觉尤为强烈。陶行知先生有言："学高为师，身正为范。"既为老师我得学点什么，对得起这个称呼，于是开始了学写近体诗。

起初是模仿着前人的诗来写，格律还不清楚，内容和形式都有很多不足。2017年有幸认识了山西省诗词学会副会长、来福诗社社长栗文政先生，遂加入来福诗社参加诗社安排的诗词写作练习。此后，积极参加诗社的活动，经常聆听老师们的教诲，逐渐克服了新、旧韵的混用及失律、失粘、失对等许多常见的问题，逐步走上了规范的写诗之路。2018年至2021年在宁武扶贫三年，积累了一些生活素材，拓展了写作思路。于山水、田园、工作、生活等方面写了几十首诗词，基本上因事而写，有感而发，注重文字的通俗流畅、结构的紧凑严谨，在学诗路上前进了一步。

学诗以来，陆陆续续写了有二百多首诗词。因为今年要退休，所以想把这些诗词汇集整理一下，出本集子，算是对自己的学诗之路做一个回顾总结。整理中才发现过去的诗词还有很多不规范之处，诸如有些字词的含义不精准、有些句子的表述不尽如人意等等。于是从内容到形式、从字词到句篇进行了反复的修改，包括曾经发表于报纸、杂志等刊物上的诗词，也做了进一步的修改。所有的诗词统一为新韵，除一首五言不是绝以外，其余五、七言均按绝、律格式而写。诗作也基本做到了意由心生，情为景化，言之有物，言外有意。整理的过程是一个系统学习的过程，虽能力有限，但贾岛式推敲、王安石式斟酌也曾有过，感觉自己于学诗之路上又前进了一步。

由于所写诗词的内容杂，如何分类也颇费周折。陆机说"诗缘情而绮靡"（《文赋》），刘勰讲"情以物兴，故义必明雅，物以情观，故辞必巧丽"（《文心雕龙》）。所谓诗词就是按照严格的韵律要求，用凝练的语言、绵密的章法、充沛的情感以及丰富的意象来高度集中地表现社会生活和人类精神世界的文学体裁，是阐述心灵的文学艺术。细想人的喜怒忧思悲恐惊都离不开一个"情"字，只是"情"的表达不同而已。于是就以"情"来串连，按物、事、人、景、思的顺序，分为风物情致、生活情趣、人生情谊、山水情怀、思学情见五个部分。需要说明的是，"思学情见"是几篇文章，因为曾写过点学习诗词的心得体会，诗友们建议放进来，所以也就拿来凑数了。

　　书名也是想了很久，既担心艳俗，又不愿直白，还想表达心意，思来想去，想了一个"且从容"之名。欧阳修曾有"把酒祝东风，且共从容"的词句，辛弃疾也有"杯且从容，歌且从容"的词句，曾国藩更是将"且从容"写进对联："好人半自苦中来，莫图便宜；世事多因忙里错，且更从容。"从容乃镇静自然、不慌不忙之意，适合我这个年龄段的心态，恰巧我的词中也有"云路从容"和"进退且从容"等句，所以就这么定下来了。

诗文集即将出版，感谢我的学生，是他们的优秀不断激励着我坚持学习，走上了写诗之路，这些奋发向上的后生之辈是我写诗的源动力。感谢栗文政先生，是先生把我领上写诗的正规之路并不断指导，出书期间先生更是给予我很多的帮助。先生是我学诗的领路人，故恳请先生为我的诗文集作了序。感谢张树峰博士，正是与树峰一起拍摄完微电影以后才下决心开始学写诗，此后交往皆有诗词话题，直至计划出版诗文集仍在一起商讨。我请这位激情满满的青年才俊作序，不仅因为他是我学诗至今的见证人，更因为他是激励我不敢懈怠的忘年交。感谢时新老师百忙之中为书名题字，这是对我莫大的鼓励。感谢徐晓梅、武磊、秦富民、万勇、赵宏英五位书法大家给诗文集题字添彩。感谢朔州诗词学会师红儒会长对书稿作了用心的阅改。感谢诗友王瑞朝为篇目结构的编排等提了许多宝贵意见。感谢冀美俊为诗文选的出版四处奔走。感谢段东锁为诗文选的印制尽心竭力。感谢三晋出版社赵亮亮的精心编辑。感谢所有给予我帮助的朋友。

由于水平有限，书中难免有许多差错和不足，诚望读者多予批评指正。

赵平则

2023 年 10 月 21 日